I0551165

JULES DE GÈRES

—

LES

HIRONDELLES

I

NATURE ET LIBERTÉ

BORDEAUX

TYPOGRAPHIE C. COUDOUILEC

1 PLACE PUY PAULIN

1854

LES HIRONDELLES

JULES DE GÈRES

LES

HIRONDELLES

I

NATURE ET LIBERTÉ

BORDEAUX

TYPOGRAPHIE G. GOUNOUILHOU

1, PLACE PUY-PAULIN

1854

NATURE ET LIBERTÉ

A LÉONCE DE SCORRAILLE

NATURE ET LIBERTÉ

I.

Frère, c'est l'Océan ! c'est l'air, c'est l'étendue !
C'est la grève indolente à nos pieds étendue,
C'est l'horizon sans terme à nos regards ouvert,
C'est la forêt profonde au silence couvert,

C'est l'infini puissant qui pénètre nos fibres ;
O rêve de tout être; enfin nous sommes libres !

Salut ! nature immense ! éternelle beauté !
Nous t'aimons dans ta force et ta sérénité.
Comme on respire bien ! Comme l'âme agrandie
Réveille avec transport sa vigueur engourdie !
Comme ce vent amer, où passent tant de vœux,
Traverse avec amour nos cœurs et nos cheveux !
Et quelle volupté, sous la brise marine,
D'avancer, opposant le front et la poitrine !

La sève ardente luit et circule dans l'air,
Le ciel, fluide et pur, tremble comme un bain clair,
Où l'on voudrait, plongeant l'âme éprise et ravie,
Sentir, en s'y fondant, l'universelle vie !

II.

Plus aimés du soleil sont ces libres oiseaux,
Régnant en souverains sur les airs et les eaux,
Que la tempête berce et que la vague porte,
Dont l'aile va sans crainte où l'ouragan l'emporte,
Et dont l'œil, pénétrant leurs mobiles clartés,
S'abreuve, en s'y jouant, à deux immensités !

Fatalité ! les pieds sont cloués sur la rive,
L'homme ne va jamais où sa pensée arrive.

1·

Le corps, lourde prison dont nous voyons l'envers,
Se dresse, mur opaque, entre deux univers;
Un monde est au dedans, au dehors est un monde,
Chacun d'eux pressent l'autre et veut qu'il lui réponde,
Mais nul n'a pu mêler, — ô problème vainqueur ! —
A l'infini du ciel l'infini de son cœur !

L'extérieur confond l'intérieur qui raille.
Mais le dernier soupir brisera la muraille,
Et, réunis soudain par un accord nouveau,
Les deux fiers éléments reprendront leur niveau.

Nous, cependant, offrons un solennel hommage
A ce monde présent qui d'un autre est l'image,
Et que, par ses splendeurs, le terrestre milieu
Nous aide à concevoir l'impénétrable lieu !

III.

Non ! vains oiseaux des mers, dont l'aile me convie,
Votre vol limité ne me fait plus envie ;
Plus loin, plus haut que vous je puis planer aussi,
Car l'essor que je prends ne finit point ici.

Création du temps, monde inerte et fragile,
O terre que je touche avec ces pieds d'argile,
Merveille des sept jours, complaisance de Dieu,
Paradis provisoire à qui tout dit adieu ;

Quels que soient tes grandeurs, tes charmes, ton espace,
Je te défie en moi, mon rêve te dépasse !
Ta mer mugit moins fort que la mer que j'entends,
Ton ciel est moins profond que le ciel que j'attends ;
Va ! déroule à ton gré tes fleuves, tes rivages,
Tes forêts, tes déserts, tes richesses sauvages,
Tout ce royaume enfin dont je me sens le roi,
Je conçois mieux encore et suis plus grand que toi !

Rien ne sait m'éblouir de tes magnificences,
Rien n'étonne mon âme et ses vastes puissances,
Rien ne peut étancher, sous ton orbe azuré,
La grande soif du beau dont je suis dévoré ;
Mon cœur inassouvi, chaos où tout s'abîme,
A tes gouffres bornés répond par un abîme ;
Car, vers cet inconnu qui me vient accabler,
J'ai d'immenses désirs que tu ne peux combler !

IV.

Mais qu'importe? il fait bon sur la plage où nous sommes,
Fouler un libre sol vierge de traces d'hommes;
La lame, en déferlant sur ce bord, l'a lavé,
Et le sable à nos pieds vaut mieux que le pavé.

Sans doute; — chers lointains qu'un doux regret soulève, —
Ce ne sont point vos flots, ô Naples, ô Genève!
Un rayon plus doré vous charmait de ses feux,
Vos contours sont plus purs et vos flancs sont plus bleus!

L'humble bassin, privé du grand prestige antique,
N'a point le parfum grec du golfe adriatique!

Vous étiez plus rêveuse, anse de Procida,
Où du cœur d'une enfant l'orage décida,
Où, l'aile prise au nid, Graziella tremblante,
Reçut de l'étranger la barque chancelante,
Et jeta son amour, sa vie et son trépas
Dans un cœur plein d'orgueil qui ne la valait pas!

Le sol resplendit mieux sous un soleil classique,
Et le froid Cap—Ferret est loin du mont Massique.
L'homme marche plus fier dans ces nobles chemins
Qu'ont illustré jadis les plus fiers des humains.
Mais, ami, les bons jours sont rares sur la terre,
Oublions l'Italie, où chaque siècle altère
Les vestiges douteux de l'immortalité!
Que sert au flot qui meurt le nom qu'il a porté?
Goûtons l'heure présente, à nos vœux destinée,
Et l'Océan vaudra la Méditerranée.

La nature a partout ses grands enseignements.
Silencieux, émus des saints recueillements,
Contemplons par l'esprit ces austères images
Qui du livre mortel symbolisent les pages ;
Sur ce théâtre auguste, où tout prend une voix,
La vérité nous dit ses immuables lois.

V.

Vois sur l'écume en fleur cette plante égarée.

Elle monte ; en suivant la brise et la marée,

Curieuse du bord, du rivage inconnu,

Oublieuse du flot avec elle venu ;

Elle cherche, elle hésite ; et va plus haut encore,

Espérant mieux toujours de la plage sonore,

Toujours découragée, et n'abordant jamais...

« Où sont, — dit-elle enfin, — les pays que j'aimais ?

2

» Je pleure, en le fuyant, le sol qui me fit naître,

» Je poursuis un destin que je n'ai pu connaître ;

» D'un avenir menteur mon espoir abusé

» Implore un vain repos sans cesse refusé ;

» Où donc est la patrie ? et la rive si belle

» D'où part la tendre voix qui m'évite et m'appelle ?

» Mon courage s'épuise et mon soleil s'en va ;

» O nuit ! donneras-tu ce que le jour rêva ?

» Allons plus loin ; cherchons, dans l'ombre qui s'apprête... »

Mais le plein-mer se fait, et le courant s'arrête,

Que dis-je ? l'onde tourne, et voici le reflux :

La pauvre plante, hélas ! ne remontera plus !

Adieu les flots promis ! les rives espérées !

Le fol enchantement des naissantes marées,

Les lointains entrevus sous les roses clartés ;

Il faut descendre en pleurs les bords qu'on a montés !

Revoir, en les comptant, avec remords sans doute,

Tant de sites charmants négligés sur la route,

Et revenir, brisé, sans avoir abouti,

Au point mystérieux d'où l'on était parti !

———

De l'Océan sans fond inexplicables ombres,
Après avoir, errant dans les recherches sombres,
Jouets persécutés d'un sort silencieux,
Suivi des jours pressés le cours capricieux,
Après avoir, flottant sur les incertitudes,
Tourmenté de ses cris les mornes solitudes,
Après avoir bondi sous les coups de l'Autan,
Ame ou plante, il nous faut rentrer dans l'Océan.

VI.

Vois-tu là, — à moitié sous les varechs cachée,
Cette épave sans nom, de fatigue couchée,
De quelque grand sinistre exotique témoin,
Cri d'horreur, épuisé, tant il venait de loin!

Qui sait? un beau vaisseau, fier de ses hautes voiles,
Voguait, cygne endormi, sur des sillons d'étoiles,
Gonflé d'espoirs, livrant les rondeurs de ses flancs
Aux flots, de convoitise autour de lui sifflants.

2*

La fortune, l'amour. l'espérance craintive
L'habitaient, y songeant la terre en perspective,
Et le repos lointain, longuement préparé,
Et le retour béni du départ tant pleuré !

Tout à coup, éperdu, le pilote qui veille,
Jette l'alarme au cœur du rêve qu'il réveille ;
Une clameur se fait, immense ; un bruit s'entend...
Traître, noyé dans l'ombre où la vengeance attend,
Un écueil a surgi, fatal, impitoyable !
L'abîme ouvre en grondant son gouffre insatiable,
Quand, blasphème dernier sur les lèvres puni,
Un cri suprême expire... et le songe est fini !

Planche du naufragé, de clous encor trouée,
Cette épave peut-être a servi de bouée ;
Que de pleurs ont coulé, lamentables décrets,
Sur ce chêne muet tout rongé de secrets !
Combien de désespoirs, d'étreintes infinies
Ont meurtri sur ce bois leurs lentes agonies !
Otage expiatoire à chaque instant offert,

L'homme sait-il jamais ce que l'homme a souffert ?

————

O deuil ! Il est souvent de ces âmes brisées,
Du passant qui les heurte épaves méprisées,
Victimes, de la vie encombrant les abords,
Et que le temps qui monte oublia sur ses bords !
Restes inconsolés des intimes naufrages,
Cygnes aussi, sombrés dans les secrets orages,
Et gardant sous leur cœur, sanctuaire fermé,
Le souvenir discret du vaisseau bien—aimé !

Par les regrets profonds longuement ballotées,
Elles tombent enfin sur les froides jetées,
Assistant désormais, et d'un sourire amer,
Du rivage impassible aux luttes de la mer !

Dans quel passé splendide et que nul n'imagine,
Se perd l'éclat voilé de leur haute origine ?
Qui sait les vieux combats agités sous ce front,
Aujourd'hui calme, éteint, et courbé sous l'affront ?

O résignations ! Héroïques mystères !
Sacrifices muets des exils volontaires,
Quelles larmes de sang jadis vous a coûté
Ce repos de l'oubli, sur l'écueil acheté ?
Que de nobles douleurs, coupes d'où rien ne tombe,
Portent pieusement leurs trésors dans la tombe,
Sans que la foule aveugle ait jamais deviné
De quels regrets ce cœur était illuminé !

Hélas ! la vie amère engloutit ses conquêtes,
Et sur ses bords obscurs, que meublent les tempêtes,
Rejette en vains éclats, immobiles débris,
Les bonheurs mutilés que le temps nous a pris !

VII.

Vois enfin, — bien tendus aux marges des lagunes,
Les anneaux blancs et verts de la chaîne des dunes,
Comme un pays qui naît élevant sur les eaux
Leurs profils, que le ciel brode avec ses ciseaux !
Horizons festonnés, dont les coquetteries
Sollicitent l'idée aux champs des rêveries,
Simulant, à travers le mirage argenté,
De fraîches oasis sous leurs tentes d'été.

Notre œil s'égare seul dans ce lointain méandre,

Car nul de nous, n'ayant la vigueur de Léandre,

Ne franchirait, nageant vers ce bord aujourd'hui,

Le lac qui s'interpose entre nos bras et lui.

Avec ses ailes d'or il faut que la pensée

Dans ces monts embrumés vaguement enfoncée,

Secourant de sa foi le regard qui décroît,

Se contente à regret de voir ce qu'elle croit,

Préjugeant au hasard; mieux, ou moins bien peut-être,

Car tout ce qui paraît peut souvent ne pas être,

Imaginations, impossibles beautés,

Vœux déguisés, qu'on prend pour des réalités!

Il le faut bien; — le golfe est là qui se balance,

Attendant l'insensé dont le regard s'élance,

Et couvant dans ces flancs où s'agite son sort,

Le découragement, la fatigue, et la mort.

———

Eh bien! constants objets de notre sainte envie,

Bords défendus, qu'on sent des bords de cette vie,

Horizons souverains sur nous épanouis,

Nos yeux cherchent en vain, par l'espace éblouis !

A nos sens incomplets douteusement s'étale

Votre éclat, pâlissant dans la brume fatale,

Et condamnés sur terre aux rêves incertains,

Nous ne distinguons pas vos merveilleux lointains !

Ah ! stériles efforts ! Impuissances funestes,

Pour contempler de près vos oasis célestes,

Il faut braver l'effroi d'un Océan jaloux,

Et passer par la mort pour aller jusqu'à vous !

De ce large infini dont les cruelles ondes

Inexorablement partagent nos deux mondes,

Ne voir qu'un seul rivage, où l'on est enchaîné,

Attacher sur le vide un regard obstiné,

Supplice ! que parfois vient aggraver le doute,

Car l'âme, abandonnée aux terreurs de la route,

Toujours flottant à nu sur ce vide béant,

A le vertige impie, et peut croire au néant !

De la terre promise heureuses sentinelles,

Dunes et monts sacrés ! ô chaînes éternelles,

Qui pour l'humanité, couverte d'un bandeau,

Sur vos régions d'or baissez un lourd rideau;

A ces fonds estompés notre foi vous compare.

Mais plus profondément l'abime nous sépare :

Cette rive est le Temps, et, de l'autre côté,

A travers l'ombre, au loin, brille l'Éternité!

———

VIII.

Au large ! — En pleine mer, moisson verte et touffue,
Laissons planer d'un bond notre immobile vue,
Écoutons ces épis, que le vent va faucher,
Se heurter et s'ouvrir aux angles du rocher ;
Bourdonnements confus , bruits, rumeurs et murmures,
Éclats retentissants comme des chocs d'armures,
Flots timides, gonflés , amoncelés , pesants ;
De leur neige en écume argentant les brisants.

Certes ! quel cœur blasé, froid , stupide et terrestre,

Ne frémirait, devant ce formidable orchestre,
D'où semble s'isoler, — effroyable abandon ! —
L'âme d'un monde en peine implorant son pardon !
Par le courroux vengeur sans repos tourmentées,
Vous remplissez les airs, souffrances racontées,
Gémissements lassés d'immortelles douleurs,
Sanglots montant sans fin d'un océan de pleurs !

De tous les désespoirs sombre dépositaire,
La mer porte au Seigneur les plaintes de la terre ;
Mais le ciel implacable assiste à ces fureurs,
Doux, radieux, paisible ; — ou, doublant leurs horreurs,
Et déchaînant la nue où l'éclair se ranime,
Adresse, en menaçant, la tempête à l'abîme !

Alors, roulant sa croupe, impétueux, cabré,
Le blanc lion rugit sous l'aiguillon sacré ;
Plus robuste et plus souple à la voix qui l'excite,
La vague foudroyée en géant ressuscite,
Dans ses naseaux bruyants soufflant comme un dauphin
Elle grandit, se dresse ; — et s'écroulant enfin

Terrassée, — elle fuit le bras qui la renverse,
Comme un grésil léger que l'aquilon disperse !

———

Élément inquiet dans son vase agité,
Tantôt soumis, tantôt superbe et révolté,
L'homme se plaint en vain : le sort est inflexible !
On subit jusqu'au bout la peine irrémissible ;
Il faut que, ramassé dans ses replis, l'orgueil
Monte, éclate ; et se brise en touchant à l'écueil.

———

IX.

Ainsi, toujours fécond en transports légitimes,
Développant l'essor des facultés intimes,
Moraliste puissant, le spectacle du beau,
Nous retient, dessillés par le divin flambeau.

Tout; — merveille annonçant la sereine indulgence ! —
En frappant le regard ouvre l'intelligence :
Le cœur a la parole où l'oreille a le son,
Chaque chose est un sens et donne une leçon.

Entre la mer qu'on voit et la Mer infinie,
Concordent les rapports d'une étrange harmonie.
Le livre ouvert trahit le grand livre fermé,
Dans l'énigme le mot ne gît plus renfermé.
L'esprit, qui du connu vers l'inconnu procède,
Juge du jour qui suit par le jour qui précède,
Et, confiant du sort qui lui doit survenir,
Fixe les visions d'un splendide avenir !

Ah ! c'est ici surtout ! ma Nature superbe,
Que je te mets le pied sur la tête, brin d'herbe !
J'existe seul ; tu n'es qu'un fantôme qui fuit !
Ton monde satisfait, vain d'éclat et de bruit,
Richesse passagère en jouant dépensée,
N'est rien ; — près de celui qui vit dans ma pensée !
Le Dieu qui t'enfanta m'a créé le pouvoir
D'imaginer en moi les biens qu'il fait prévoir ;
Je n'ai, — soleil vivant qui dans ma nuit se lève, —
Qu'à me toucher le front des baguettes du rêve
Pour en faire jaillir, et vibrer sous mes pas,
Un univers meilleur qui ne périra pas !

O Poésie ! ô source et foyer ! pain de vie !
Lampe des cœurs ardents ! songe ! échelle gravie !
Beauté de tout ! amour qui nous tiens sous ta loi !
Se peut-il qu'on t'ignore et qu'on marche sans toi ?
Sous ton azur, pays qui n'a point de frontière,
Fuirait l'heure trompée, et la journée entière !
Tout s'oublie, ou se tait, dans les vastes concerts
Des torrents, des forêts, des autans et des mers !

Demeurons ! La cité, dans ses plâtres murée,
N'envahit point encor la plage accaparée,
Choisissons sur la berge un *endroit écarté*
Où de nager en paix *on ait la liberté !*

X.

Hélas! le temps exact nous tire avec sa griffe.
Dragon civilisé, le bouillant hippogriffe
D'un sifflement strident, dont l'aigu nous fait peur,
Appelle, impatient d'essayer sa vapeur.

Il faut partir, rentrer dans l'air flétri des villes,
Se remettre aux vieux fers des coutumes serviles,
Hanter dans sa prison l'étroite humanité,
Étouffer dans la pierre et dans l'absurdité :

Retrouver les aigreurs, les sottes petitesses,
Les *on dit* venimeux, les froides politesses,
L'étiquette mesquine aux semblants fastueux,
Les soins multipliés, vides, tumultueux,
Tous ces riens tracassiers dont les retours arides
Ferment l'âme absorbée et lui creusent des rides,
La vanité grotesque arborant son drapeau,
Le cortége empesé qui suit l'homme en troupeau !

Va ! liberté ; sans nous rejoins ta destinée !
Le soir te pleurera, limpide matinée ;
Jamais un bonheur franc n'a fait un long séjour.
Tendre Nature, adieu ! — Toi, si tu veux, un jour,
Lorsque, rassasiés des humaines tristesses,
Nous voudrons, — voyageurs renvoyant leurs hôtesses,
Et de nos fronts lassés brisant le masque épais, —
Nous retremper sans crainte à l'éternelle paix ;
Quand, du mal inconnu fuyant l'âcre morsure,
Nous chercherons la main qui guérit la blessure,
En demandant à Dieu, sous ses tièdes chaleurs,
Un peu de ce parfum qu'il verse aux moindres fleurs ;

Ami, nous reviendrons aux falaises voisines,

Respirer l'air marin embaumé de résines ;

Dans la forêt, prodigue en sentiers égarés,

Perdre amoureusement nos pas aventurés ;

Écouter au lointain ces clameurs incessantes

Que jettent en mourant les vagues renaissantes ;

Savourer, dans ce calme où pleurent tant de voix,

Les bruits que la mer porte aux silences des bois ;

Plonger, laissant habits et soucis sur la grève,

Le corps dans l'Océan et l'esprit dans le rêve,

Et boire, à pleins poumons, sous un ciel enchanté,

L'hymne de la Nature et de la Liberté.

Arcachon, 15 juin 1854.

www.ingramcontent.com/pod-product-compliance
Lightning Source LLC
Chambersburg PA
CBHW060909180626
46818CB00004B/1884